OURIKA.

PUBLIÉ AU PROFIT
D'UN ÉTABLISSEMENT DE CHARITÉ.

IMPRIMERIE DE J. TASTU,
RUE DE VAUGIRARD, N. 36.

Ourika

This is to be alone, this,
this is solitude! — Byron.

TROISIEME EDITION.

Devéria del.   Deely sp.

A PARIS,
chez LADVOCAT Libraire
de S.A.R.Mgr... le DUC de CHARTRES,
1826.

OURIKA.

This is to be alone, this, this
is solitude.
BYRON.

TROISIÈME ÉDITION.

A PARIS,

CHEZ LADVOCAT,

LIBRAIRE DE SON ALTESSE ROYALE
MONSEIGNEUR LE DUC DE CHARTRES.

~~~~~~

M DCCC XXVI.

INTRODUCTION.

INTRODUCTION.

***

J'ÉTAIS arrivé depuis peu de mois de Montpellier, et je suivais à Paris la profession de la médecine, lorsque je fus appelé

un matin au faubourg Saint-
Jacques, pour voir dans un
couvent une jeune religieuse
malade. L'empereur Napoléon
avait permis depuis peu le ré-
tablissement de quelques-uns
de ces couvens : celui où je me
rendais était destiné à l'éducation de la jeunesse, et appar-
tenait à l'ordre des Ursulines.
La révolution avait ruiné une
partie de l'édifice ; le cloître
était à découvert d'un côté
par la démolition de l'antique

église, dont on ne voyait plus que quelques arceaux. Une religieuse m'introduisit dans ce cloître, que nous traversâmes en marchant sur de longues pierres plates, qui formaient le pavé de ces galeries : je m'aperçus que c'étaient des tombes, car elles portaient toutes des inscriptions pour la plupart effacées par le temps. Quelques-unes de ces pierres avaient été brisées pendant la révolution : la sœur me le fit remarquer, en me disant qu'on n'avait pas encore eu le temps de les réparer. Je n'avais jamais vu l'intérieur d'un couvent; ce spectacle était tout nouveau pour moi. Du cloître nous passâmes dans le jardin, où la religieuse me dit qu'on avait porté la sœur malade : en effet, je l'aperçus à l'extrémité d'une longue allée de charmille; elle était assise, et son grand voile noir l'enveloppait presque tout entière. « Voici le

» médecin, » dit la sœur, et elle
s'éloigna au même moment.
Je m'approchai timidement,
car mon cœur s'était serré en
voyant ces tombes, et je me figurais que j'allais contempler
une nouvelle victime des cloî-
tres ; les préjugés de ma jeunesse venaient de se réveiller,
et mon intérêt s'exaltait pour
celle que j'allais visiter, en pro-
portion du genre de malheur
que je lui supposais. Elle se
tourna vers moi, et je fus étran-

gement surpris en apercevant
une négresse! Mon étonne-
ment s'accrut encore par la po-
litesse de son accueil et le choix
des expressions dont elle se
servait. « Vous venez voir une
» personne bien malade, me
» dit-elle : à présent je désire
» guérir, mais je ne l'ai pas
» toujours souhaité, et c'est
» peut-être ce qui m'a fait tant
» demal. » Je la questionnai sur
sa maladie. « J'éprouve, me
» dit-elle, une oppression con-

» tinuelle, je n'ai plus de som-
» meil, et la fièvre ne me quitte
» pas. » Son aspect ne confir-
mait que trop cette triste des-
cription de son état : sa mai-
greur était excessive, ses yeux
brillans et fort grands, ses dents
d'une blancheur éblouissante,
éclairaient seuls sa physionomie ; l'ame vivait encore,
mais le corps était détruit,
et elle portait toutes les mar-
ques d'un long et violent
chagrin. Touché au-delà de

l'expression, je résolus de tout
tenter pour la sauver; je com-
mençai à lui parler de la nécessité de calmer son imagination, de se distraire, d'éloi-
gner des sentimens pénibles.
« Je suis heureuse, me dit-elle;
» jamais je n'ai éprouvé tant
» de calme et de bonheur. »
L'accent de sa voix était sincère, cette douce voix ne pouvait tromper; mais mon éton-
nement s'accroissait à chaque
instant. « Vous n'avez pas tou-

» jours pensé ainsi, lui dis-je,
» et vous portez la trace de
» bien longues souffrances. —
» Il est vrai, dit-elle, j'ai trou-
» vé bien tard le repos de mon
» cœur, mais à présent je suis
» heureuse. — Eh bien ! s'il en
» est ainsi, repris-je, c'est le
» passé qu'il faut guérir ; espé-
» rons que nous en viendrons
» à bout : mais ce passé, je ne
» puis le guérir sans le connaî-
» tre. — Hélas ! répondit-elle,
» ce sont des folies ! » En pro-

nonçant ces mots, une larme
vint mouiller le bord de sa
paupière. « Et vous dites que
» vous êtes heureuse! m'écriai-
» je. — Oui, je le suis, reprit-
» elle avec fermeté; et je ne
» changerais pas mon bon-
» heur contre le sort qui m'a
» fait autrefois tant d'envie.
» Je n'ai point de secret : mon
» malheur, c'est l'histoire de
» toute ma vie. J'ai tant souf-
» fert jusqu'au jour où je suis
» entrée dans cette maison,

» que peu à peu ma santé s'est
» ruinée. Je me sentais dépérir
» avec joie, car je ne voyais
» dans l'avenir aucune espé-
» rance. Cette pensée était bien
» coupable! vous le voyez,
» j'en suis punie; et lorsque
» enfin je souhaite de vivre,
» peut-être que je ne le pourrai
» plus. » Je la rassurai, je lui
donnai des espérances de gué-
rison prochaine; mais en pro-
nonçant ces paroles consolan-
tes, en lui promettant la vie,

je ne sais quel triste pressen-
timent m'avertissait qu'il était
trop tard et que la mort avait
marqué sa victime.

Je revis plusieurs fois cette
jeune religieuse; l'intérêt que
je lui montrais parut la tou-
cher. Un jour, elle revint
d'elle-même au sujet où je
désirais la conduire. « Les
» chagrins que j'ai éprouvés,
» dit-elle, doivent paraître si
» étranges, que j'ai toujours

» senti une grande répugnance

» à les confier : il n'y a point

» de juge des peines des autres,

» et les confidens sont presque

» toujours des accusateurs. —

» Ne craignez pas cela de moi,

» lui dis-je ; je vois assez le ra-

» vage que le chagrin a fait en

» vous pour croire le vôtre sin-

» cère. — Vous le trouverez

» sincère, dit-elle, mais il vous

» paraîtra déraisonnable. —

» Et en admettant ce que vous

» dites, repris-je, cela exclut-

» il la sympathie ? — Presque
» toujours, répondit-elle : ce-
» pendant, si, pour me guérir,
» vous avez besoin de connaî-
» tre les peines qui ont détruit
» ma santé, je vous les con-
» fierai quand nous nous con-
» naîtrons un peu davantage. »

Je rendis mes visites au couvent de plus en plus fréquen-
tes, le traitement que j'indi-
quai parut produire quelque
effet. Enfin, un jour de l'été

dernier, la retrouvant seule
dans le même berceau, sur le
même banc où je l'avais vue
la première fois, nous reprî-
mes la même conversation,
et elle me conta ce qui suit.

OURIKA.

OURIKA.

———◦∞◦———

Je fus rapportée du Sénégal,
à l'âge de deux ans, par M. le
chevalier de B., qui en était
gouverneur. Il eut pitié de

moi, un jour qu'il voyait em-
barquer des esclaves sur un
bâtiment négrier qui allait
bientôt quitter le port : ma
mère était morte, et on m'em-
portait dans le vaisseau, malgré mes cris. M. de B. m'ache-
ta, et, à son arrivée en France,
il me donna à Mme la maréchale
de B., sa tante, la personne la
plus aimable de son temps, et
celle qui sut réunir, aux qualités les plus élevées, la bonté
la plus touchante.

Me sauver de l'esclavage, me choisir pour bienfaitrice Mme de B., c'était me donner deux fois la vie : je fus ingrate envers la Providence en n'étant point heureuse ; et cependant le bonheur résulte-t-il toujours de ces dons de l'intelligence ? Je croirais plutôt le contraire : il faut payer le bienfait de savoir par le désir d'ignorer, et la fable ne nous dit pas si Galatée trouva le bonheur après avoir reçu la vie.

Je ne sus que long-temps après l'histoire des premiers jours de mon enfance. Mes plus anciens souvenirs ne me retracent que le salon de Mme de B.; j'y passais ma vie, aimée d'elle, caressée, gâtée par tous ses amis, accablée de présens, vantée, exaltée comme l'enfant le plus spirituel et le plus aimable.

Le ton de cette société était l'engouement, mais un en-

gouement dont le bon goût
savait exclure tout ce qui ressemblait à l'exagération : on
louait tout ce qui prêtait à la
louange, on excusait tout ce
qui prêtait au blâme, et souvent, par une adresse encore
plus aimable, on transformait
en qualités les défauts mêmes.
Le succès donne du courage;
on valait près de Mme de B.
tout ce qu'on pouvait valoir,
et peut-être un peu plus, car
elle prêtait quelque chose

d'elle à ses amis sans s'en douter elle-même : en la voyant,
en l'écoutant, on croyait lui
ressembler.

Vêtue à l'orientale, assise
aux pieds de Mme de B., j'é-
coutais, sans la comprendre
encore, la conversation des
hommes les plus distingués de
ce temps-là. Je n'avais rien de
la turbulence des enfans; j'étais
pensive avant de penser, j'étais
heureuse à côté de Mme de B. :

aimer, pour moi, c'était être
là, c'était entendre, lui obéir,
la regarder surtout : je ne désirais rien de plus. Je ne pouvais m'étonner de vivre au
milieu du luxe, de n'être en-
tourée que des personnes les
plus spirituelles et les plus ai-
mables ; je ne connaissais pas
autre chose ; mais sans le savoir, je prenais un grand dé-
dain pour tout ce qui n'était
pas ce monde où je passais ma
vie. Le bon goût est à l'esprit

ce qu'une oreille juste est aux
sons. Encore toute enfant, le
manque de goût me blessait;
je le sentais avant de pouvoir
le définir, et l'habitude me
l'avait rendu comme nécessaire. Cette disposition eût été
dangereuse si j'avais eu un
avenir; mais je n'avais pas
d'avenir, et je ne m'en doutais
pas.

J'arrivai jusqu'à l'âge de
douze ans sans avoir eu l'idée

qu'on pouvait être heureuse
autrement que je ne l'étais.
Je n'étais pas fâchée d'être
une négresse : on me disait
que j'étais charmante; d'ailleurs, rien ne m'avertissait que
ce fût un désavantage; je ne
voyais presque pas d'autres
enfans; un seul était mon ami,
et ma couleur noire ne l'em-
pêchait pas de m'aimer.

Ma bienfaitrice avait deux
petits-fils, enfans d'une fille

qui était morte jeune. Charles,
le cadet, était à peu près de
mon âge. Élevé avec moi, il
était mon protecteur, mon
conseil et mon soutien dans
toutes mes petites fautes. A
sept ans, il alla au collége : je
pleurai en le quittant; ce fut
ma première peine. Je pensais
souvent à lui, mais je ne le
voyais presque plus. Il étu-
diait, et moi, de mon côté,
j'apprenais, pour plaire à Mme
de B., tout ce qui devait for-

mer une éducation parfaite.
Elle voulut que j'eusse tous les
talens : j'avais de la voix., les
maîtres les plus habiles l'exer-
cèrent; javais le goût de la
peinture, et un peintre célè-
bre, ami de Mme de B., se
chargea de diriger mes efforts ;
j'appris l'anglais, l'italien, et
Mme de B. elle-même s'occupait de mes lectures. Elle gui-
dait mon esprit, formait mon
jugement : en causant avec
elle, en découvrant tous les

trésors de son ame , je sentais
la mienne s'élever, et c'était
l'admiration qui m'ouvrait les
voies de l'intelligence. Hélas !
je ne prévoyais pas que ces
douces études seraient suivies
de jours si amers; je ne pensais qu'à plaire à Mme de B. ,
un sourire d'approbation sur
ses lèvres était tout mon avenir.

Cependant des lectures mul-
tipliées, celle des poëtes sur-

tout, commençaient à occuper
ma jeune imagination; mais,
sans but, sans projet, je pro-
menais au hasard mes pensées
errantes, et, avec la confiance
de mon jeune âge, je me disais
que Mme de B. saurait bien me
rendre heureuse : sa tendresse
pour moi, la vie que je menais,
tout prolongeait mon erreur
et autorisait mon aveugle-
ment. Je vais vous donner un
exemple des soins et des pré-
férences dont j'étais l'objet.

Vous aurez peut-être de la peine à croire, en me voyant aujourd'hui, que j'aie été citée pour l'élégance et la beauté de ma taille. Mme de B. vantait souvent ce qu'elle appelait ma grâce, et elle avait voulu que je susse parfaitement danser. Pour faire briller ce talent, ma bienfaitrice donna un bal dont ses petits-fils furent le prétexte, mais dont le véritable motif était de me montrer fort à mon avantage dans un

quadrille des quatre parties du
monde où je devais représen-
ter l'Afrique. On consulta les
voyageurs, on feuilleta les livres de costumes, on lut des
ouvrages savans sur la musique
africaine, enfin on choisit une
Comba, danse nationale de
mon pays. Mon danseur mit
un crêpe sur son visage : hélas !
je n'eus pas besoin d'en mettre sur le mien ; mais je ne fis
pas alors cette réflexion. Tout
entière au plaisir du bal, je

dansai la *Comba*, et j'eus tout
le succès qu'on pouvait atten-
dre de la nouveauté du spectacle et du choix des specta-
teurs, dont la plupart, amis
de Mme de B. , s'enthousias-
maient pour moi, et croyaient
lui faire plaisir en se laissant
aller à toute la vivacité de ce
sentiment. La danse d'ailleurs
était piquante ; elle se compo-
sait d'un mélange d'attitudes
et de pas mesurés; on y pei-
gnait l'amour , la douleur, le

triomphe et le désespoir. Je
ne connaissais encore aucun
de ces mouvemens violens de
l'ame; mais je ne sais quel ins-
tinct me les faisait deviner;
enfin je réussis. On m'applau-
dit, on m'entoura, on m'accabla d'éloges : ce plaisir fut
sans mélange; rien ne trou-
blait alors ma sécurité. Ce fut
peu de jours après ce bal qu'une
conversation, que j'entendis
par hasard, ouvrit mes yeux
et finit ma jeunesse.

4

Il y avait dans le salon de Mme de B. un grand paravent de laque. Ce paravent cachait une porte; mais il s'étendait aussi près d'une des fenêtres, et, entre le paravent et la fenêtre, se trouvait une table où je dessinais quelquefois. Un jour, je finissais avec application une miniature; absorbée par mon travail, j'étais restée long-temps immobile, et sans doute Mme de B. me croyait sortie, lorsqu'on annonça une de ses amies, la

marquise de... C'était une personne d'une raison froide,
d'un esprit tranchant, positive
jusqu'à la sécheresse; elle portait ce caractère dans l'amitié :
les sacrifices ne lui coûtaient
rien pour le bien et pour l'avantage de ses amis; mais elle leur
faisait payer cher ce grand attachement. Inquisitive et difficile, son exigence égalait son
dévouement, et elle était là
moins aimable des amies de
Mme de B. Je la craignais quoi-

qu'elle fût bonne pour moi ;
mais elle l'était à sa manière :
examiner, et même assez sévè-
rement, était pour elle un signe
d'intérêt. Hélas ! j'étais si accoutumée à la bienveillance,
que la justice me semblait toujours redoutable. « Pendant
» que nous sommes seules, dit
» Mme de... à Mme de B., je veux
» vous parler d'Ourika : elle
» devient charmante, son es-
» prit est tout-à-fait formé, elle
» causera comme vous, elle

» est pleine de talens, elle est
» piquante, naturelle; mais que
» deviendra-t-elle? et enfin
» qu'en ferez-vous? — Hélas!
» dit Mme de B., cette pensée
» m'occupe souvent, et, je
» vous l'avoue, toujours avec
» tristesse : je l'aime comme si
» elle était ma fille; je ferais
» tout pour la rendre heu-
» reuse; et cependant, lorsque
» je réfléchis à sa position,
» je la trouve sans remède.
» Pauvre Ourika! je la vois

» seule, pour toujours seule
» dans la vie ! »

Il me serait impossible de
vous peindre l'effet que pro-
duisit en moi ce peu de paroles;
l'éclair n'est pas plus prompt :
je vis tout ; je me vis négresse,
dépendante, méprisée; sans
fortune, sans appui, sans un être
de mon espèce à qui unir mon
sort, jusqu'ici un jouet, un amusement pour ma bienfaitrice,
bientôt rejetée d'un monde où

je n'étais pas faite pour être
admise. Une affreuse palpita-
tion me saisit, mes yeux s'obs-
curcirent, le battement de mon
cœur m'ôta un instant la fa-
culté d'écouter encore; enfin je
me remis assez pour entendre
la suite de cette conversation.

« Je crains, disait Mme de...,
» que vous ne la rendiez mal-
» heureuse. Que voulez-vous
» qui la satisfasse, maintenant
» qu'elle a passé sa vie dans

» l'intimité de votre société?—

» Mais elle y restera, dit Mme

» de B. — Oui, reprit Mme

» de..., tant qu'elle est une en-

» fant: mais elle a quinze ans; à

» qui la marierez-vous, avec

» l'esprit qu'elle a et l'éduca-

» tion que vous lui avez don-

» née? Qui voudra jamais épou-

» ser une négresse? Et si, à

» force d'argent, vous trouvez

» quelqu'un qui consente à

» avoir des enfans nègres, ce

» sera un homme d'une condi-

» tion inférieure, et avec qui
» elle se trouvera malheureu-
» se. Elle ne peut vouloir que
» de ceux qui ne voudront pas
» d'elle. — Tout cela est vrai,
» dit Mme de B.; mais heureu-
» sement elle ne s'en doute
» point encore, et elle a pour
» moi un attachement qui, j'es-
» père, la préservera long-
» temps de juger sa position.
» Pour la rendre heureuse, il
» eût fallu en faire une per-
» sonne commune : je crois sin-

5

» cèrement que cela était im-
» possible. Eh bien ! peut-être
» sera-t-elle assez distinguée
» pour se placer au-dessus de
» son sort, n'ayant pu rester au-
» dessous. — Vous vous faites
» des chimères, dit Mme de... :
» la philosophie nous place au-
» dessus des maux de la fortu-
» ne, mais elle ne peut rien con-
» tre les maux qui viennent
» d'avoir brisé l'ordre de la na-
» ture. Ourika n'a pas rempli
» sa destinée : elle s'est placée

» dans la société sans sa per-
» mission; la société se venge-
» ra.—Assurément, dit Mme de
» B., elle est bien innocente de
» ce crime; mais vous êtes sé-
» vère pour cette pauvre en-
» fant.—Je lui veux plus de
» bien que vous, reprit Mme
» de...; je désire son bonheur
» et vous la perdez. » Mme de B.
répondit avec impatience, et
j'allais être la cause d'une que-
relle entre les deux amies,
quand on annonça une visite :

je me glissai derrière le paravent; je m'échappai; je courus dans ma chambre, où un déluge de larmes soulagea un instant mon pauvre cœur.

C'était un grand changement dans ma vie, que la perte de ce prestige qui m'avait environnée jusqu'alors! Il y a des illusions qui sont comme la lumière du jour; quand on les perd, tout disparaît avec elles. Dans la confusion des nouvel-

les idées qui m'assaillaient, je ne
retrouvais plus rien de ce qui
m'avait occupée jusqu'alors :
c'était un abîme avec toutes
ses terreurs. Ce mépris dont
je me voyais poursuivie ; cette
société où j'étais déplacée ; cet
homme qui, à prix d'argent ,
consentirait peut-être que ses
enfans fussent nègres ! toutes
ces pensées s'élevaient succes-
sivement comme des fantômes
et s'attachaient sur moi comme
des furies : l'isolement sur-

tout; cette conviction que j'é-
tais seule, pour toujours seule
dans la vie, Mme de B. l'avait
dit; et à chaque instant je me
répétais, seule! pour toujours
seule! La veille encore, que
m'importait d'être seule? je
n'en savais rien; je ne le sentais pas; j'avais besoin de ce
que j'aimais, je ne songeais pas
que ce que j'aimais n'avait pas
besoin de moi. Mais à présent, mes yeux étaient ou-
verts; et le malheur avait déjà

fait entrer la défiance dans mon ame.

Quand je revins chez Mme de B., tout le monde fut frappé de mon changement; on me questionna : je dis que j'étais malade; on le crut. Mme de B. envoya chercher Barthez, qui m'examina avec soin, me tâta le pouls, et dit brusquement que je n'avais rien. Mme de B. se rassura, et essaya de me distraire et de m'amuser. Je n'ose dire combien j'étais ingrate pour ces soins de ma bienfaitrice ; mon ame s'était comme resserrée en elle-même. Les bienfaits qui sont doux à recevoir, sont ceux dont le cœur s'acquitte : le mien était rempli d'un sentiment trop amer pour se répandre au dehors. Des combinaisons infinies des mêmes pensées occupaient tout mon temps ; elles se reproduisaient sous mille formes différentes : mon imagination leur prêtait les couleurs les plus sombres; souvent mes nuits entières se passaient à pleurer. J'épuisais ma pitié sur moi-même; ma figure me faisait horreur, je n'osais plus me regarder dans une glace; lorsque mes yeux se portaient sur mes mains noires, je croyais voir celles d'un singe; je m'exagérais ma laideur, et cette couleur me paraissait comme le signe de ma réprobation; c'est elle qui me séparait de tous les

êtres de mon espèce, qui me
condamnait à être seule, toujours seule! jamais aimée! Un
homme, à prix d'argent, consentirait peut-être que ses enfans fussent nègres! Tout mon
sang se soulevait d'indignation
à cette pensée. J'eus un moment l'idée de demander à Mme
de B. de me renvoyer dans mon
pays; mais là encore j'aurais
été isolée : qui m'aurait enten-
due, qui m'aurait comprise ?
Hélas! je n'appartenais plus à

personne; j'étais étrangère à la race humaine tout entière !

Ce n'est que bien long-temps après que je compris la possibilité de me résigner à un tel sort. Mme de B. n'était point dévote ; je devais à un prêtre respectable, qui m'avait instruite pour ma première communion, ce que j'avais de sentimens religieux. Ils étaient sincères comme tout mon caractère; mais je ne savais pas

que, pour être profitable, la
piété a besoin d'être mêlée à
toutes les actions de la vie : la
mienne avait occupé quelques
instans de mes journées, mais
elle était demeurée étrangère
à tout le reste. Mon confesseur
était un saint vieillard, peu
soupçonneux; je le voyais deux
ou trois fois par an, et, comme
je n'imaginais pas que des chagrins fussent des fautes, je ne
lui parlais pas de mes peines.
Elles altéraient sensiblement

ma santé; mais, chose étrange!
elles perfectionnaient mon esprit. Un sage d'Orient a dit :
« Celui qui n'a pas souffert,
» que sait-il? » Je vis que je ne
savais rien avant mon malheur;
mes impressions étaient toutes
des sentimens; je ne jugeais
pas; j'aimais : les discours, les
actions, les personnes plai-
saient ou déplaisaient à mon
cœur. A présent, mon esprit
s'était séparé de ces mouvemens involontaires : le chagrin

est comme l'éloignement, il
fait juger l'ensemble des ob-
jets. Depuis que je me sentais
étrangère à tout, j'étais devenue plus difficile, et j'exami-
nais, en le critiquant, presque
tout ce qui m'avait plu jusqu'alors.

Cette disposition ne pouvait
échapper à Mme de B. ; je n'ai
jamais su si elle en devina la
cause. Elle craignait peut-être
d'exalter ma peine en me per-

mettant de la confier : mais elle
me montrait encore plus de
bonté que de coutume; elle me
parlait avec un entier aban-
don, et, pour me distraire de
mes chagrins, elle m'occupait
de ceux qu'elle avait elle-
même. Elle jugeait bien mon
cœur; je ne pouvais en effet
me rattacher à la vie, que par
l'idée d'être nécessaire ou du
moins utile à ma bienfaitrice.
La pensée qui me poursuivait
le plus, c'est que j'étais isolée

sur la terre, et que je pouvais
mourir sans laisser de regrets
dans le cœur de personne. J'é-
tais injuste pour Mme de B. ;
elle m'aimait, elle me l'avait
assez prouvé ; mais elle avait
des intérêts qui passaient bien
avant moi. Je n'enviais pas sa
tendresse à ses petits-fils, surtout à Charles ; mais j'aurais
voulu pouvoir dire comme
eux : Ma mère !

Les liens de famille surtout

me faisaient faire des retours bien douloureux sur moi-même, moi qui jamais ne devais être la sœur, la femme, la mère de personne! Je me figurais dans ces liens plus de douceur qu'ils n'en ont peut-être, et je négligeais ceux qui m'étaient permis, parce que je ne pouvais atteindre à ceux-là. Je n'avais point d'amie, personne n'avait ma confiance : ce que j'avais pour Mme de B. était plutôt un culte qu'une affection ; mais je crois que je sentais pour Charles tout ce qu'on éprouve pour un frère.

Il était toujours au collége, qu'il allait bientôt quitter pour commencer ses voyages. Il partait avec son frère aîné et son gouverneur, et ils devaient visiter l'Allemague, l'Angleterre et l'Italie ; leur absence devait durer deux ans. Charles était charmé de partir ; et moi, je ne fus affligée qu'au dernier

moment; car j'étais toujours
bien aise de ce qui lui faisait
plaisir. Je ne lui avais rien dit
de toutes les idées qui m'occupaient; je ne le voyais jamais
seul, et il m'aurait fallu bien
du temps pour lui expliquer ma
peine : je suis sûre qu'alors
il m'aurait comprise. Mais il
avait, avec son air doux et
grave, une disposition à la mo-
querie, qui me rendait timide :
il est vrai qu'il ne l'exerçait
guère que sur les ridicules de

l'affectation; tout ce qui était sincère le désarmait. Enfin je ne lui dis rien. Son départ, d'ailleurs, était une distraction, et je crois que cela me faisait du bien de m'affliger d'autre chose que de ma douleur habituelle.

Ce fut peu de temps après le départ de Charles, que la révolution prit un caractère plus sérieux : je n'entendais parler tout le jour, dans le salon de

Mme de B., que des grands intérêts moraux et politiques que
cette révolution remua jusque
dans leur source ; ils se ratta-
chaient à ce qui avait occupé les
esprits supérieurs de tous les
temps. Rien n'était plus capa-
ble d'étendre et de former mes
idées, que le spectacle de cette
arène où des hommes distingués remettaient chaque jour
en question tout ce qu'on avait
pu croire jugé jusqu'alors. Ils
approfondissaient tous les su-

jets, remontaient à l'origine de toutes les institutions, mais trop souvent pour tout ébranler et pour tout détruire.

Croiriez-vous que, jeune comme j'étais, étrangère à tous les intérêts de la société, nourrissant à part ma plaie secrète, la révolution apporta un changement dans mes idées, fit naître dans mon cœur quelques espérances, et suspendit un moment mes maux ? tant on

cherche vite ce qui peut consoler ! J'entrevis donc que, dans
ce grand désordre, je pourrais
trouver ma place ; que toutes
les fortunes renversées, tous les
rangs confondus, tous les préjugés évanouis, amèneraient
peut-être un état de choses où
je serais moins étrangère ; et
que si j'avais quelque supério-
rité d'ame, quelque qualité ca-
chée, on l'apprécierait lorsque
ma couleur ne m'isolerait plus
au milieu du monde, comme

elle avait fait jusqu'alors. Mais il
arriva que ces qualités mêmes
que je pouvais me trouver, s'op-
posèrent vite à mon illusion :
je ne pus désirer long-temps
beaucoup de mal pour un peu
de bien personnel. D'un autre
côté, j'apercevais les ridicules
de ces personnages qui voulaient maîtriser les événemens;
je jugeais les petitesses de leurs
caractères, je devinais leurs
vues secrètes ; bientôt leur
fausse philantropie cessa de

m'abuser, et je renonçai à l'espérance, en voyant qu'il reste-
rait encore assez de mépris
pour moi au milieu de tant d'ad-
versités. Cependant je m'intéressais toujours à ces discus-
sions animées; mais elles ne
tardèrent pas à perdre ce qui
faisait leur plus grand charme.
Déjà le temps n'était plus où
l'on ne songeait qu'à plaire, et
où la première condition pour
y réussir était l'oubli des succès
de son amour-propre : lorsque

la révolution cessa d'être une
belle théorie et qu'elle toucha
aux intérêts intimes de chacun,
les conversations dégénérè-
rent en disputes, et l'aigreur,
l'amertume et les personnalités
prirent la place de la raison.
Quelquefois, malgré ma tristesse, je m'amusais de toutes
ces violentes opinions qui n'é-
taient au fond presque jamais
que des prétentions, des affec-
tations ou des peurs : mais la
gaieté qui vient de l'observa-

tion des ridicules, ne fait pas
de bien; il y a trop de mali-
gnité dans cette gaieté, pour
qu'elle puisse réjouir le cœur
qui ne se plaît que dans les
joies innocentes. On peut avoir
cette gaieté moqueuse, sans
cesser d'être malheureux ;
peut-être même le malheur
rend - il plus susceptible de
l'éprouver, car l'amertume
dont l'ame se nourrit, fait l'a-
liment habituel de ce triste
plaisir.

L'espoir sitôt détruit que
m'avait inspiré la révolution,
n'avait point changé la situation de mon ame; toujours mécontente de mon sort, mes chagrins n'étaient adoucis que par
la confiance et les bontés de
Mme de B. Quelquefois, au milieu de ces conversations politiques dont elle ne pouvait
réussir à calmer l'aigreur, elle
me regardait tristement; ce re-
gard était un baume pour mon
cœur; il semblait me dire :

Ourika, vous seule m'enten-
dez !

On commençait à parler de
la liberté des nègres : il était
impossible que cette question
ne me touchât pas vivement;
c'était une illusion que j'aimais
encore à me faire, qu'ailleurs,
du moins, j'avais des sembla-
bles : comme ils étaient malheureux, je les croyais bons,
et je m'intéressais à leur sort.
Hélas! je fus promptement dé-

trompée! Les massacres de
Saint-Domingue me causèrent
une douleur nouvelle et dé-
chirante : jusqu'ici je m'étais affligée d'appartenir à une race
proscrite ; maintenant j'avais
honte d'appartenir à une race
de barbares et d'assassins.

Cependant la révolution
faisait des progrès rapides ; on
s'effrayait en voyant les hommes les plus violens s'emparer
de toutes les places. Bientôt il

parut que ces hommes étaient
décidés à ne rien respecter : les
affreuses journées du 20 juin
et du 10 août durent préparer
à tout. Ce qui restait de la société de Mme de B. se dispersa
à cette époque : les uns fuyaient
les persécutions dans les pays
étrangers ; les autres se cachaient ou se retiraient en pro-
vince. Mme de B. ne fit ni l'un
ni l'autre ; elle était fixée chez
elle par l'occupation constante
de son cœur : elle resta avec

un souvenir et près d'un tombeau.

Nous vivions depuis quel-
ques mois dans la solitude ,
lorsque, à la fin de l'année
1792, parut le décret de con-
fiscation des biens des émi-
grés. Au milieu de ce désastre
général, Mme de B. n'aurait pas
compté la perte de sa fortune ,
si elle n'eût appartenu à ses
petits-fils; mais, par des arrangemens de famille , elle

n'en avait que la jouissance.
Elle se décida donc à faire revenir Charles, le plus jeune des
deux frères, et à envoyer l'aîné,
âgé de près de vingt ans, à l'ar-
mée de Condé. Ils étaient alors
en Italie, et achevaient ce
grand voyage, entrepris deux
ans auparavant dans des cir-
constances bien différentes.
Charles arriva à Paris au com-
mencement de février 1793,
peu de temps après la mort
du roi.

Ce grand crime avait causé à Mme de B. la plus violente douleur; elle s'y livrait tout entière, et son ame était assez forte pour proportionner l'horreur du forfait à l'immensité du forfait même. Les grandes douleurs dans la vieillesse ont quelque chose de frappant : elles ont pour elles l'autorité de la raison. Mme de B. souffrait avec toute l'énergie de son caractère; sa santé en était altérée, mais je

n'imaginais pas qu'on pût es-
sayer de la consoler, ou même
de la distraire. Je pleurais, je
m'unissais à ses sentimens,
j'essayais d'élever mon ame
pour la rapprocher de la
sienne, pour souffrir du moins
autant qu'elle et avec elle.

Je ne pensai presque pas à
mes peines, tant que dura la
terreur; j'aurais eu honte de
me trouver malheureuse en
présence de ces grandes infor-

tunes : d'ailleurs je ne me
sentais plus isolée depuis que
tout le monde était malheureux. L'opinion est comme
une patrie; c'est un bien dont
on jouit ensemble; on est frère
pour la soutenir et pour la dé-
fendre. Je me disais quelquefois que moi, pauvre négresse,
je tenais pourtant à toutes les
ames élevées, par le besoin de
la justice que j'éprouvais en
commun avec elles : le jour
du triomphe de la vertu et

de la vérité serait un jour de triomphe pour moi comme pour elles : mais, hélas! ce jour était bien loin.

Aussitôt que Charles fut arrivé, Mme de B. partit pour la campagne. Tous ses amis étaient cachés ou en fuite; sa société se trouvait presque réduite à un vieil abbé que, depuis dix ans, j'entendais tous les jours se moquer de la religion, et qui à présent s'irritait qu'on eût vendu les biens du clergé, parce qu'il y perdait vingt mille livres de rente. Cet abbé vint avec nous à Saint-Germain. Sa société était douce, ou plutôt elle était tranquille : car son calme n'avait rien de doux; il venait de la tournure de son esprit, plutôt que de la paix de son cœur.

Mme de B. avait été toute sa vie dans la position de rendre beaucoup de services :

liée avec M. de Choiseul, elle
avait pu, pendant ce long mi-
nistère, être utile à bien des
gens. Deux des hommes les
plus influens pendant la terreur avaient des obligations à
Mme de B.; ils s'en souvinrent et
se montrèrent reconnaissans.
Veillant sans cesse sur elle,
ils ne permirent pas qu'elle
fût atteinte ; ils risquèrent
plusieurs fois leurs vies pour
dérober la sienne aux fureurs
révolutionnaires : car on doit

remarquer qu'à cette époque funeste, les chefs mêmes des partis les plus violens ne pouvaient faire un peu de bien sans danger; il semblait que, sur cette terre désolée, on ne pût régner que par le mal, tant lui seul donnait et ôtait la puissance. Mme de B. n'alla point en prison; elle fut gardée chez elle, sous prétexte de sa mauvaise santé. Charles, l'abbé et moi, nous restâmes auprès d'elle et nous lui donnions tous nos soins.

Rien ne peut peindre l'état d'anxiété et de terreur des journées que nous passâmes alors, lisant chaque soir, dans les journaux, la condamnation et la mort des amis de Mme de B., et tremblant à tout instant que ses protecteurs n'eussent plus le pouvoir de la garantir du même sort. Nous sûmes qu'en effet elle était au moment de périr, lorsque la mort de

Robespierre mit un terme à tant d'horreurs. On respira; les gardes quittèrent la maison de Mme de B., et nous restâmes tous quatre dans la même solitude, comme on se retrouve, j'imagine, après une grande calamité à laquelle on a échappé ensemble. On aurait cru que tous les liens s'étaient resserrés par le malheur : j'avais senti que là, du moins, je n'étais pas étrangère.

Si j'ai connu quelques instans doux dans ma vie, depuis
la perte des illusions de mon
enfance, c'est l'époque qui sui-
vit ces temps désastreux. Mme
de B. possédait au suprême
degré ce qui fait le charme de
la vie intérieure : indulgente
et facile, on pouvait tout dire
devant elle ; elle savait deviner
ce que voulait dire ce qu'on
avait dit. Jamais une inter-
prétation sévère ou infidèle
ne venait glacer la confiance ;

les pensées passaient pour ce
qu'elles valaient; on n'était
responsable de rien. Cette qualité eût fait le bonheur des amis
de Mme de B. quand bien
même elle n'eût possédé que
celle-là. Mais combien d'autres grâces n'avait-elle pas encore! Jamais on ne sentait de
vide ni d'ennui dans sa conversation; tout lui servait d'a-
liment: l'intérêt qu'on prend
aux petites choses, qui est de
la futilité dans les personnes

communes, est la source de
mille plaisirs avec une personne distinguée; car c'est le
propre des esprits supérieurs,
de faire quelque chose de rien.
L'idée la plus ordinaire deve-
nait féconde si elle passait par
la bouche de Mme de B.; son
esprit et sa raison savaient la
revêtir de mille nouvelles couleurs.

Charles avait des rapports
de caractère avec Mme de B.,

et son esprit aussi ressemblait au sien, c'est-à-dire qu'il était ce que celui de Mme de B. avait dû être, juste, ferme, étendu, mais sans modifications; la jeunesse ne les connaît pas : pour elle tout est bien ou tout est mal, tandis que l'écueil de la vieillesse est souvent de trouver que rien n'est tout-à-fait bien, et rien tout-à-fait mal. Charles avait les deux belles passions de son âge, la justice et la vérité. J'ai dit qu'il haïs-

sait jusqu'à l'ombre de l'affectation; il avait le défaut d'en
voir quelquefois où il n'y en
avait pas. Habituellement con-
tenu, sa confiance était flat-
teuse; on voyait qu'il la donnait, qu'elle était le fruit de
l'estime, et non le penchant
de son caractère: tout ce qu'il
accordait avait du prix, car
presque rien en lui n'était in-
volontaire, et tout cependant
était naturel. Il comptait tel-
lement sur moi, qu'il n'avait

pas une pensée qu'il ne me dît
aussitôt. Le soir, assis autour
d'une table, les conversations
étaientinfinies:notrevieilabbé
y tenait sa place; il s'était fait
un enchaînement si complet
d'idées fausses, et il les soute-
nait avec tant de bonne foi,
qu'il était une source inépui-
sable d'amusement pour Mme
de B., dont l'esprit juste et lu-
mineux faisait admirablement
ressortir les absurdités du pauvre abbé, qui ne se fâchait

jamais; elle jetait tout au tra-
vers de son *ordre d'idées*, de
grands traits de bon sens que
nous comparions aux grands
coups d'épée de Roland ou de
Charlemagne.

Mme de B. aimait à marcher;
elle se promenait tous les ma-
tins dans la forêt de Saint-
Germain, donnant le bras à
l'abbé; Charles et moi nous la
suivions de loin. C'est alors
qu'il me parlait de tout ce qui

9

l'occupait, de ses projets, de
ses espérances, de ses idées
sur tout, sur les choses, sur les
hommes, sur les événemens.
Il ne me cachait rien, et il ne
se doutait pas qu'il me confiât
quelque chose. Depuis si long-
temps il comptait sur moi,
que mon amitié était pour lui
comme sa vie; il en jouissait
sans la sentir; il ne me demandait ni intérêt ni attention; il
savait bien qu'en me parlant
de lui, il me parlait de moi,

et que j'étais plus *lui* que lui-
même : charme d'une telle
confiance, vous pouvez tout
remplacer, remplacer le bonheur même!

Je ne pensais jamais à parler
à Charles de ce qui m'avait
tant fait souffrir; je l'écoutais,
et ces conversations avaient
sur moi je ne sais quel effet ma-
gique, qui amenait l'oubli de
mes peines. S'il m'eût ques-
tionnée, il m'en eût fait souve-

nir; alors je lui aurais tout dit:
mais il n'imaginait pas que j'a-
vais aussi un secret. On était
accoutumé à me voir souf-
frante; et Mme de B. faisait
tant pour mon bonheur qu'elle
devait me croire heureuse.
J'aurais dû l'être; je me le
disais souvent; je m'accusais
d'ingratitude ou de folie; je
ne sais si j'aurais osé avouer
jusqu'à quel point ce mal sans
remède de ma douleur me rendait malheureuse. Il y a quel-

que chose d'humiliant à ne pas
savoir se soumettre à la nécessité: aussi, ces douleurs, quand
elles maîtrisent l'ame, ont tous
les caractères du désespoir.
Ce qui m'intimidait aussi avec
Charles, c'est cette tournure
un peu sévère de ses idées.
Un soir, la conversation s'é-
tait établie sur la pitié, et on
se demandait si les chagrins
inspirent plus d'intérêt par
leurs résultats ou par leurs
causes. Charles s'était pro-

noncé pour la cause; il pen-
sait donc qu'il fallait que toutes les douleurs fussent rai-
sonnables. Mais qui peut dire
ce que c'est que la raison?
est-elle la même pour tout le
monde? tous les cœurs ont-ils
tous les mêmes besoins? et le
malheur n'est-il pas la priva-
tion des besoins du cœur?

Il était rare cependant que
nos conversations du soir me
ramenassent ainsi à moi-même; je tâchais d'y penser le

moins que je pouvais; j'avais
òté de ma chambre tous les mi-
roirs; je portais toujours des
gants; mes vêtemens cachaient
mon cou et mes bras, et j'avais
adopté, pour sortir, un grand
chapeau avec un voile que souvent même je gardais dans la
maison. Hélas! je me trompais
ainsi moi-même : comme les
enfans, je fermais les yeux, et je
croyais qu'on ne me voyait pas.

Vers la fin de l'année 1795,

la terreur était finie, et l'on
commençait à se retrouver ;
les débris de la société de Mme
de B. se réunirent autour d'elle,
et je vis avec peine le cercle de
ses amis s'augmenter. Ma position était si fausse dans le
monde, que plus la société
rentrait dans son ordre naturel, plus je m'en sentais dehors.
Toutes les fois que je voyais
arriver chez Mme de B. des
personnes qui n'y étaient pas
encore venues, j'éprouvais un

nouveau tourment. L'expression de surprise mêlée de dé-
dain que j'observais sur leur
physionomie, commençait à
me troubler ; j'étais sûre d'être
bientôt l'objet d'un aparté dans
l'embrasure de la fenêtre, ou
d'une conversation à voix
basse : car il fallait bien se
faire expliquer comment une
négresse était admise dans la
société intime de Mme de B. Je
souffrais le martyre pendant
ces éclaircissemens ; j'aurais

voulu être transportée dans ma
patrie barbare, au milieu des
sauvages qui l'habitent, moins
à craindre pour moi que cette
société cruelle qui me rendait
responsable du mal qu'elle
seule avait fait. J'étais poursuivie, plusieurs jours de suite,
par le souvenir de cette physionomie dédaigneuse; je la voyais
en rêve, je la voyais à chaque
instant; elle se plaçait devant
moi comme ma propre image.
Hélas! elle était celle des chi-

mères dont je me laissais obséder! Vous ne m'aviez pas encore appris, ô mon Dieu! à conjurer ces fantômes; je ne savais pas qu'il n'y a de repos qu'en vous.

A présent, c'était dans le cœur de Charles que je cherchais un abri; j'étais fière de son amitié, je l'étais encore plus de ses vertus; je l'admirais comme ce que je connaissais de plus parfait sur la terre.

J'avais cru autrefois aimer Charles comme un frère ; mais depuis que j'étais toujours souffrante, il me semblait que j'étais vieillie, et que ma tendresse pour lui ressemblait plutôt à celle d'une mère. Une mère, en effet, pouvait seule éprouver ce désir passionné de son bonheur, de ses succès ; j'aurais volontiers donné ma vie pour lui épargner un moment de peine. Je voyais bien avant lui l'impression qu'il

produisait sur les autres ; il
était assez heureux pour ne
s'en pas soucier : c'est tout
simple ; il n'avait rien à en re-
douter, rien ne lui avait donné
cette inquiétude habituelle que
j'éprouvais sur les pensées des
autres ; tout était harmonie
dans son sort, tout était dés-
accord dans le mien.

Un matin, un ancien ami de
Mme de B. vint chez elle ; il était
chargé d'une proposition de

mariage pour Charles : Mlle de Thémines était devenue, d'une manière bien cruelle, une riche héritière; elle avait perdu le même jour, sur l'échafaud, sa famille entière; il ne lui restait plus qu'une grande tante, autrefois religieuse, et qui, devenue tutrice de Mlle de Thémines, regardait comme un devoir de la marier, et voulait se presser, parce qu'ayant plus de quatre-vingts ans, elle craignait

de mourir et de laisser ainsi
sa nièce seule et sans appui
dans le monde. Mlle de Thémines réunissait tous les avan-
tages de la naissance, de la
fortune et de l'éducation; elle
avait seize ans; elle était belle
comme le jour : on ne pouvait
hésiter. Mme de B. en parla à
Charles, qui d'abord fut un
peu effrayé de se marier si
jeune : bientôt il désira voir
Mlle de Thémines; l'entrevue
eut lieu, et alors il n'hésita

plus. Anaïs de Thémines possédait en effet tout ce qui pouvait plaire à Charles; jolie sans
s'en douter, et d'une modestie
si tranquille, qu'on voyait
qu'elle ne devait qu'à la nature cette charmante vertu.
Mme de Thémines permit à
Charles d'aller chez elle, et
bientôt il devint passionné-
ment amoureux. Il me racontait les progrès de ses sentimens : j'étais impatiente de
voir cette belle Anaïs, desti-

née à faire le bonheur de Charles. Elle vint enfin à Saint-
Germain ; Charles lui avait
parlé de moi ; je n'eus point à
supporter d'elle ce coup-d'œil
dédaigneux et scrutateur qui
me faisait toujours tant de mal :
elle avait l'air d'un ange de
bonté. Je lui promis qu'elle
serait heureuse avec Charles ;
je la rassurai sur sa jeunesse,
je lui dis qu'à vingt-un ans il
avait la raison solide d'un âge
bien plus avancé. Je répondis

à toutes ses questions : elle
m'en fit beaucoup, parce
qu'elle savait que je connaissais Charles depuis son enfance; et il m'était si doux
d'en dire du bien que je ne
me lassais pas d'en parler.

Les arrangemens d'affaires
retardèrent de quelques se-
maines la conclusion du mariage. Charles continuait à aller chez Mme de Thémines, et
souvent il restait à Paris deux

où trois jours de suite : ces absences m'affligeaient, et j'étais mécontente de moi-même, en voyant que je préférais mon bonheur à celui de Charles ; ce n'est pas ainsi que j'étais accoutumée à aimer. Les jours où il revenait, étaient des jours de fête ; il me racontait ce qui l'avait occupé ; et s'il avait fait quelques progrès dans le cœur d'Anaïs, je m'en réjouissais avec lui. Un jour pourtant il me parla de la manière dont il

voulait vivre avec elle : « Je
» veux obtenir toute sa con-
» fiance, me dit-il, et lui don-
» ner toute la mienne ; je ne
» lui cacherai rien, elle saura
» toutes mes pensées, elle con-
» naîtra tous les mouvemens
» secrets de mon cœur ; je veux
» qu'il y ait entre elle et moi
» une confiance comme la nô-
» tre, Ourika. » Comme la nô-
tre ! Ce mot me fit mal ; il me
rappela que Charles ne savait
pas le seul secret de ma vie, et

il m'ôta le désir de le lui confier. Peu à peu les absences de
Charles devinrent plus longues; il n'était presque plus à
Saint-Germain que des instans; il venait à cheval pour
mettre moins de temps en che-
min, il retournait l'après-dî-
née à Paris; de sorte que tous
les soirs se passaient sans lui.
Mme de B. plaisantait souvent
de ces longues absences; j'aurais bien voulu faire comme
elle!

Un jour, nous nous promenions dans la forêt. Charles avait été absent presque toute la semaine : je l'aperçus tout-à-coup à l'extrémité de l'allée où nous marchions ; il venait à cheval, et très-vite. Quand il fut près de l'endroit où nous étions, il sauta à terre et se mit à se promener avec nous : après quelques minutes de conversation générale, il resta en arrière avec moi, et nous recommençâmes à causer com-

me autrefois ; j'en fis la remar-
que. « Comme autrefois ! s'é-
» cria-t-il ; ah ! quelle diffé-
» rence! avais-je donc quelque
» chose à dire dans ce temps-
» là? Il me semble que je n'ai
» commencé à vivre que depuis
» deux mois. Ourika, je ne
» vous dirai jamais ce que j'é-
» prouve pour elle! Quelque-
» fois je crois sentir que mon
» ame tout entière va passer
» dans la sienne. Quand elle
» me regarde, je ne respire

» plus; quand elle rougit, je
» voudrais me prosterner à ses
» pieds pour l'adorer. Quand
» je pense que je vais être le pro-
» tecteur de cet ange, qu'elle
» me confie sa vie, sa desti-
» née; ah! que je suis glorieux
» de la mienne! Que je la ren-
» drai heureuse! Je serai pour
» elle le père, la mère qu'elle
» a perdus : mais je serai aussi
» son mari, son amant! Elle me
» donnera son premier amour;
» tout son cœur s'épanchera

» dans le mien ; nous vivrons
» de la même vie, et je ne veux
» pas que, dans le cours de
» nos longues années, elle
» puisse dire qu'elle ait passé
» une heure sans être heu-
» reuse. Quelles délices, Ou-
» rika, de penser qu'elle sera
» la mère de mes enfans, qu'ils
» puiseront la vie dans le sein
» d'Anaïs ! Ah ! ils seront doux
» et beaux comme elle ! Qu'ai-
» je fait, ô Dieu ! pour méri-
» ter tant de bonheur ! »

Hélas! j'adressais en ce moment au ciel une question toute contraire! Depuis quelques instans, j'écoutais ces paroles passionnées avec un sentiment indéfinissable. Grand Dieu! vous êtes témoin que j'étais heureuse du bonheur de Charles : mais pourquoi avez-vous donné la vie à la pauvre Ourika? pourquoi n'est-elle pas morte sur ce bâtiment négrier d'où elle fut arrachée, ou sur le sein de sa mère? Un peu

de sable d'Afrique eût recou-
vert son corps, et ce fardeau
eût été bien léger! Qu'importait au monde qu'Ourika vé-
cût? Pourquoi était-elle con-
damnée à la vie? C'était donc
pour vivre seule, toujours
seule; jamais aimée! O mon
Dieu, ne le permettez pas!
Retirez de la terre la pauvre
Ourika! Personne n'a besoin
d'elle : n'est-elle pas seule
dans la vie ? cette affreuse
pensée me saisit avec plus de

violence qu'elle n'avait encore fait. Je me sentis fléchir, je tombai sur les genoux, mes yeux se fermèrent, et je crus que j'allais mourir.

En achevant ces paroles, l'oppression de la pauvre religieuse parut s'augmenter; sa voix s'altéra, et quelques larmes coulèrent le long de ses joues flétries. Je voulus l'engager à suspendre son récit; elle s'y refusa. « Ce n'est

» rien, me dit-elle; mainte-
» nant le chagrin ne dure pas
» dans mon cœur : la racine
» en est coupée. Dieu a eu
» pitié de moi; il m'a rétirée
» lui-même de cet abîme où
» je n'étais tombée que faute
» de le connaître et de l'aimer.
» N'oubliez donc pas que je
» suis heureuse : mais, hélas!
» ajouta-t-elle, je ne l'étais
» point alors. »

Jusqu'à l'époque dont je

viens de vous parler, j'avais
supporté mes peines ; elles
avaient altéré ma santé, mais
j'avais conservé ma raison et
une sorte d'empire sur moi-
même : mon chagrin, comme
le ver qui dévore le fruit,
avait commencé par le cœur ;
je portais dans mon sein le
germe de la destruction, lorsque tout était encore plein de
vie au dehors de moi. La conversation me plaisait, la discus-
sion m'animait ; j'avais même

conservé une sorte de gaieté d'esprit; mais j'avais perdu les joies du cœur. Enfin jusqu'à l'époque dont je viens de vous parler, j'étais plus forte que mes peines; je sentais qu'à présent mes peines seraient plus fortes que moi.

Charles me rapporta dans ses bras jusqu'à la maison; là tous les secours me furent donnés, et je repris connaissance. En ouvrant les yeux, je vis

Mme de B. à côté de mon lit;
Charles me tenait une main :
ils m'avaient soignée eux-mê-
mes, et je vis sur leurs visages
un mélange d'anxiété et de
douleur qui pénétra jusqu'au
fond de mon ame : je sentis la
vie revenir en moi; mes pleurs
coulèrent. Mme de B. les es-
suyait doucement; elle ne me
disait rien, elle ne me faisait
point de questions : Charles
m'en accabla. Je ne sais ce
que je lui répondis; je donnai

pour cause à mon accident le chaud, la longueur de la promenade ; il me crut, et l'amertume rentra dans mon ame en voyant qu'il me croyait : mes larmes se séchèrent ; je me dis qu'il était donc bien facile de tromper ceux dont l'intérêt était ailleurs ; je retirai ma main qu'il tenait encore, et je cherchai à paraître tranquille. Charles partit, comme de coutume, à cinq heures ; j'en fus blessée ;

j'aurais voulu qu'il fût inquiet de moi : je souffrais tant ! Il serait parti de même, je l'y aurais forcé; mais je me serais dit qu'il me devait le bonheur de sa soirée, et cette pensée m'eût consolée. Je me gardai bien de montrer à Charles ce mouvement de mon cœur; les sentimens délicats ont une sorte de pudeur; s'ils ne sont devinés, ils sont incomplets : on dirait qu'on ne peut les éprouver qu'à deux.

A peine Charles fut-il parti
que la fièvre me prit avec une
grande violence; elle augmenta
les deux jours suivans. Mme de
B. me soignait avec sa bonté
accoutumée; elle était déses-
pérée de mon état, et de l'im-
possibilité de me faire trans-
porter à Paris, où le mariage
de Charles l'obligeait à se rendre le lendemain. Les méde-
cins dirent à Mme de B. qu'ils
répondaient de ma vie si elle
me laissait à Saint-Germain;

elle s'y résolut, et elle me montra en partant une affection si tendre, qu'elle calma un moment mon cœur. Mais après son départ, l'isolement complet, réel, où je me trouvais pour la première fois de ma vie, me jeta dans un profond désespoir. Je voyais se réaliser cette situation que mon imagination s'était peinte tant de fois; je mourais loin de ce que j'aimais, et mes tristes gémissemens ne parvenaient pas même à leurs oreilles: hélas! ils eussent troublé leur joie. Je les voyais, s'abandonnant à toute l'ivresse du bonheur, loin d'Ourika mourante. Ourika n'avait qu'eux dans la vie; mais eux n'avaient pas besoin d'Ourika: personne n'avait besoin d'elle! Cet affreux sentiment de l'inutilité de l'existence, est celui qui déchire le plus profondément le cœur: il me donna un tel dégoût de la vie, que je souhaitai sincèrement mourir de la mala-

die dont j'étais attaquée. Je ne
parlais pas, je ne donnais presque aucun signe de connaissance, et cette seule pensée était
bien distincte en moi : *je voudrais mourir*. Dans d'autres
momens, j'étais plus agitée ;
je me rappelais tous les mots
de cette dernière conversation
que j'avais eue avec Charles
dans la forêt ; je le voyais na-
geant dans cette mer de délices
qu'il m'avait dépeinte, tandis
que je mourais abandonnée,

seule dans la mort comme dans
la vie. Cette idée me donnait
une irritation plus pénible encore que la douleur. Je me
créais des chimères pour satis-
faire à ce nouveau sentiment;
je me représentais Charles ar-
rivant à Saint-Germain; on lui
disait : Elle est morte. Eh bien !
le croiriez-vous ? je jouissais de
sa douleur; elle me vengeait;
et de quoi ? grand Dieu ! de ce
qu'il avait été l'ange protecteur de ma vie ? Cet affreux

sentiment me fit bientôt horreur; j'entrevis que si la douleur n'était pas une faute, s'y
livrer comme je le faisais pouvait être criminel. Mes idées
prirent alors un autre cours;
j'essayai de me vaincre, de
trouver en moi-même une
force pour combattre les sentimens qui m'agitaient; mais
je ne la cherchais point, cette
force, où elle était. Je me fis
honte de mon ingratitude. Je
mourrai, me disais-je, je veux

mourir; mais je ne veux pas
laisser les passions haineuses
approcher de mon cœur. Ourika est un enfant déshérité;
mais l'innocence lui reste : je
ne la laisserai pas se flétrir en
moi par l'ingratitude. Je pas-
serai sur la terre comme une
ombre; mais, dans le tombeau,
j'aurai la paix. O mon Dieu !
ils sont déjà bien heureux : eh
bien ! donnez-leur encore la
part d'Ourika, et laissez-la
mourir comme la feuille tombe

en automne. N'ai-je donc pas assez souffert !

Je ne sortis de la maladie qui avait mis ma vie en danger, que pour tomber dans un état de langueur où le chagrin avait beaucoup de part. Mme de B. s'établit à St.-Germain après le mariage de Charles ; il y venait souvent accompagné d'Anaïs, jamais sans elle. Je souffrais toujours davantage quand ils étaient là. Je ne sais si l'image du bonheur me rendait plus sensible ma propre infortune, ou si la présence de Charles réveillait le souvenir de notre ancienne amitié ; je cherchais quelquefois à le retrouver, et je ne le reconnaissais plus. Il me disait pourtant à peu près tout ce qu'il me disait autrefois : mais son amitié présente ressemblait à son amitié passée, comme la fleur artificielle ressemble à la fleur véritable : c'est la mê-

me chose, hors la vie et le
parfum.

Charles attribuait au dépé-
rissement de ma santé le changement de mon caractère ; je
crois que Mme de B. jugeait
mieux le triste état de mon
ame , qu'elle devinait mes
tourmens secrets , et qu'elle
en était vivement affligée : mais
le temps n'était plus où je con-
solais les autres ; je n'avais plus
pitié que de moi-même.

Anaïs devint grosse, et nous retournâmes à Paris : ma tristesse augmentait chaque jour. Ce bonheur intérieur si paisible, ces liens de famille si doux! cet amour dans l'innocence, toujours aussi tendre, aussi passionné; quel spectacle pour une malheureuse destinée à passer sa triste vie dans l'isolement! à mourir sans avoir été aimée, sans avoir connu d'autres liens, que ceux de la dépendance et de la pitié!

Les jours, les mois se passaient ainsi; je ne prenais part
à aucune conversation, j'avais
abandonné tous mes talens ;
si je supportais quelques lectures, c'étaient celles où je
croyais retrouver la peinture
imparfaite des chagrins qui me
dévoraient. Je m'en faisais un
nouveau poison, je m'enivrais
de mes larmes ; et, seule dans
ma chambre pendant des heures entières, je m'abandonnais
à ma douleur.

La naissance d'un fils mit le comble au bonheur de Charles; il accourut pour me le dire, et dans les transports de sa joie, je reconnus quelques accens de son ancienne confiance. Qu'ils me firent mal! Hélas! c'était la voix de l'ami que je n'avais plus! et tous les souvenirs du passé venaient à cette voix déchirer de nouveau ma plaie.

L'enfant de Charles était

beau comme Anais; le tableau
de cette jeune mère avec son
fils touchait tout le monde :
moi seule, par un sort bizarre,
j'étais condamnée à le voir
avec amertume; mon cœur
dévorait cette image d'un bonheur que je ne devais jamais
connaître, et l'envie, comme
le vautour, se nourrissait dans
mon sein. Qu'avais-je fait à
ceux qui crurent me sauver
en m'amenant sur cette terre
d'exil? Pourquoi ne me lais-

sait-on pas suivre mon sort ?
Eh bien! je serais la négresse
esclave de quelque riche co-
lon; brûlée par le soleil, je
cultiverais la terre d'un autre : mais j'aurais mon humble
cabane pour me retirer le soir ;
j'aurais un compagnon de ma
vie, et des enfans de ma couleur qui m'appelleraient : Ma
mère! ils appuieraient sans dégoût leur petite bouche sur
mon front ; ils reposeraient
leur tête sur mon cou, et s'en-

dormiraient dans mes bras ! Qu'ai–je fait pour être con-damnée à n'éprouver jamais les affections pour lesquelles seules mon cœur est créé ! O mon Dieu ! ôtez-moi de ce monde ; je sens que je ne puis plus supporter la vie.

A genoux dans ma chambre, j'adressais au Créateur cette prière impie, quand j'enten-dis ouvrir ma porte : c'était l'amie de Mme de B., la mar-

quise de...., qui était revenue
depuis peu d'Angleterre, où
elle avait passé plusieurs années. Je la vis avec effroi arriver près de moi; sa vue me
rappelait toujours que, la première, elle m'avait révélé mon
sort; qu'elle m'avait ouvert
cette mine de douleurs où j'a-
vais tant puisé. Depuis qu'elle
était à Paris, je ne la voyais
qu'avec un sentiment pénible.

« Je viens vous voir et cau-

» ser avec vous, ma chère Ou-
» rika, me dit-elle. Vous sa-
» vez combien je vous aime
» depuis votre enfance, et je ne
» puis voir, sans une véritable
» peine, la mélancolie dans
» laquelle vous vous plongez.
» Est-il possible, avec l'esprit
» que vous avez, que vous ne
» sachiez pas tirer un meilleur
» parti de votre situation? —
» L'esprit, Madame, lui ré-
» pondis-je, ne sert guère qu'à
» augmenter les maux vérita-

» bles; il les fait voir sous tant
» de formes diverses! — Mais,
» reprit-elle, lorsque les maux
» sont sans remède, n'est-ce
» pas une folie de refuser de
» s'y soumettre, et de lutter
» ainsi contre la nécessité? car
» enfin, nous ne sommes pas
» les plus forts. — Cela est
» vrai, dis-je; mais il me sem-
» ble que, dans ce cas, la né-
» cessité est un mal de plus.—
» Vous conviendrez pourtant,
» Ourika, que la raison con-

» seille alors de se résigner et
» de se distraire. — Oui, Ma-
» dame; mais, pour se distrai-
» re, il faut entrevoir ailleurs
» l'espérance. — Vous pour-
» riez du moins vous faire des
» goûts et des occupations
» pour remplir votre temps.—
» Ah ! Madame, les goûts
» qu'on se fait, sont un effort,
» et ne sont pas un plaisir.—
» Mais, dit-elle encore, vous
» êtes remplie de talens. —
» Pour que les talens soient

» une ressource, Madame,
» lui répondis-je, il faut se
» proposer un but; mes talens
» seraient comme la fleur du
» poëte anglais *, qui perdait
» son parfum dans le désert.—
» Vous oubliez vos amis qui en
» jouiraient. — Je n'ai point
» d'amis, Madame ; j'ai des
» protecteurs, et cela est bien
» différent!—Ourika, dit-elle,
» vous vous rendez bien mal-

---

* Born to blush unseen
And waste its sweetness in the desert air. GRAY.

» heureuse, et bien inutile-
» ment.—Tout est inutile dans
» ma vie, Madame, même ma
» douleur. — Comment pou-
» vez-vous prononcer un mot
» si amer! vous, Ourika, qui
» vous êtes montrée si dé-
» vouée, lorsque vous restiez
» seule à Mme de B. pendant la
» terreur!—Hélas! Madame,
» je suis comme ces génies
» malfaisans qui n'ont de pou-
» voir que dans les temps de
» calamités, et que le bonheur

» fait fuir. — Confiez - moi
» votre secret, ma chère Ou-
» rika; ouvrez-moi votre cœur;
» personne ne prend à vous
» plus d'intérêt que moi, et
» peut- être que je vous ferai
» du bien. — Je n'ai point de
» secret, Madame, lui répon-
» dis - je, ma position et ma
» couleur sont tout mon mal,
» vous le savez.—Allonsdonc,
» reprit-elle, pouvez-vous nier
» que vous renfermez au fond
» de votre ame une grande

» peine ? Il ne faut que vous
» voir un instant pour en être
» sûr. » Je persistai à lui dire
ce que je lui avais déjà dit ; elle
s'impatienta, éleva la voix ; je
vis que l'orage allait éclater.
« Est-ce là votre bonne foi,
» dit-elle ? cette sincérité pour
» laquelle on vous vante ?
» Ourika, prenez-y garde ; la
» réserve quelquefois conduit
» à la fausseté. — Eh ! que
» pourrais-je vous confier, Ma-
» dame, lui dis-je, à vous sur-

» tout qui depuis si long-temps

» avez prévu quel serait le

» malheur de ma situation? A

» vous, moins qu'à personne,

» je n'ai rien de nouveau à dire

» là – dessus. — C'est ce que

» vous ne me persuaderez ja-

» mais, répliqua-t-elle; mais

» puisque vous me refusez vo-

» tre confiance, et que vous as-

» surez que vous n'avez point

» de secret, eh bien! Ourika,

» je me chargerai de vous ap-

» prendre que vous en avez

» un. Oui, Ourika, tous vos
» regrets, toutes vos douleurs
» ne viennent que d'une pas-
» sion malheureuse, d'une pas-
» sion insensée; et si vous n'é-
» tiez pas folle d'amour pour
» Charles, vous prendriez fort
» bien votre parti d'être né-
» gresse. Adieu, Ourika, je
» m'en vais, et, je vous le dé-
» clare, avec bien moins d'in-
» térêt pour vous que je n'en
» avais apporté en venant ici.»
Elle sortit en achevant ces pa-

roles. Je demeurai anéantie.
Que venait-elle de me révéler!
Quelle lumière affreuse avait-
elle jetée sur l'abîme de mes
douleurs! Grand Dieu! c'était
comme la lumière qui pénétra
une fois au fond des enfers,
et qui fit regretter les ténèbres
à ses malheureux habitans.
Quoi! j'avais une passion cri-
minelle! c'est elle qui, jusqu'ici, dévorait mon cœur! Ce
désir de tenir ma place dans la
chaîne des êtres, ce besoin des

affections de la nature, cette
douleur de l'isolement, c'é-
taient les regrets d'un amour
coupable! et lorsque je croyais
envier l'image du bonheur,
c'est le bonheur lui-même qui
était l'objet de mes vœux im-
pies! Mais qu'ai-je donc fait
pour qu'on puisse me croire
atteinte de cette passion sans
espoir? Est-il donc impossible
d'aimer plus que sa vie avec
innocence? Cette mère qui se
jeta dans la gueule du lion

pour sauver son fils, quel sentiment l'animait? Ces frères,
ces sœurs qui voulurent mourir ensemble sur l'échafaud,
et qui priaient Dieu avant
d'y monter, était-ce donc un
amour coupable qui les unis-
sait? L'humanité seule ne pro-
duit-elle pas tous les jours des
dévouemens sublimes? Pourquoi donc ne pourrais-je aimer
ainsi Charles, le compagnon
de mon enfance, le protecteur
de ma jeunesse?... Et cepen-

dant, je ne sais quelle voix crie
au fond de moi-même, qu'on
a raison, et que je suis crimi-
nelle. Grand Dieu ! je vais
donc recevoir aussi le remords
dans mon cœur désolé ! Il
faut qu'Ourika connaisse tous
les genres d'amertume, qu'elle
épuise toutes les douleurs !
Quoi ! mes larmes désormais
seront coupables ! il me sera
défendu de penser à lui ! quoi !
je n'oserai plus souffrir !

Ces affreuses pensées me

jetèrent dans un accablement
qui ressemblait à la mort. La
même nuit, la fièvre me prit,
et, en moins de trois jours, on
désespéra de ma vie : le médecin déclara que, si l'on voulait me faire recevoir mes sa-
cremens, il n'y avait pas un
instant à perdre. On envoya
chercher mon confesseur ; il
était mort depuis peu de jours.
Alors Mme de B.... fit avertir
un prêtre de la paroisse ; il
vint et m'administra l'extrê-

14

me-onction, car j'étais hors
d'état de recevoir le viati-
que; je n'avais aucune connaissance, et on attendait ma
mort à chaque instant. C'est
sans doute alors que Dieu eut
pitié de moi; il commença par
me conserver la vie : contre
toute attente, mes forces se
soutinrent. Je luttai ainsi en-
viron quinze jours; ensuite la
connaissance me revint. Mme
de B. ne me quittait pas, et
Charles paraissait avoir re-

trouvé pour moi son ancienne affection. Le prêtre continuait à venir me voir chaque jour, car il voulait profiter du premier moment pour me confesser : je le désirais moi-même ; je ne sais quel mouvement me portait vers Dieu, et me donnait le besoin de me jeter dans ses bras et d'y chercher le repos. Le prêtre reçut l'aveu de mes fautes : il ne fut point effrayé de l'état de mon ame ; comme un vieux matelot, il

connaissait toutes ces tempê-
tes. Il commença par me ras-
surer sur cette passion dont
j'étais accusée : « Votre cœur
» est pur, me dit-il : c'est à vous
» seule que vous avez fait du
» mal ; mais vous n'en êtes pas
» moins coupable. Dieu vous
» demandera compte de votre
» propre bonheur qu'il vous
» avait confié ; qu'en avez-vous
» fait ? Ce bonheur était entre
» vos mains, car il réside dans
» l'accomplissement de nos

» devoirs; les avez-vous seu-
» lement connus? Dieu est le
» but de l'homme : quel a été
» le vôtre? Mais ne perdez pas
» courage; priez Dieu, Ourika :
» il est là, il vous tend les bras ;
» il n'y a pour lui ni nègres ni
» blancs : tous les cœurs sont
» égaux devant ses yeux, et le
» vôtre mérite de devenir
» digne de lui. » C'est ainsi
que cet homme respectable en-
courageait la pauvre Ourika.
Ces paroles simples portaient

dans mon ame je ne sais quelle
paix que je n'avais jamais con-
nue; je les méditais sans cesse,
et, comme d'une mine féconde, j'en tirais toujours quelque
nouvelle réflexion. Je vis qu'en
effet je n'avais point connu mes
devoirs : Dieu en a prescrit aux
personnes isolées comme à celles qui tiennent au monde; s'il
les a privées des liens du sang,
il leur a donné l'humanité
tout entière pour famille. La
sœur de la charité, me disais-

je, n'est point seule dans la vie,
quoiqu'elle ait renoncé à tout ;
elle s'est créé une famille de
choix ; elle est la mère de tous
les orphelins, la fille de tous
les pauvres vieillards, la sœur
de tous les malheureux. Des
hommes du monde n'ont-ils
pas souvent cherché un isolement volontaire? Ils voulaient
être seuls avec Dieu; ils renon-
çaient à tous les plaisirs pour
adorer, dans la solitude, la
source pure de tout bien et de

tout bonheur; ils travaillaient,
dans le secret de leur pensée,
à rendre leur ame digne de se
présenter devant le Seigneur.
C'est pour vous, ô mon Dieu!
qu'il est doux d'embellir ainsi
son cœur, de le parer, comme
pour un jour de fête, de toutes les vertus qui vous plaisent.
Hélas! qu'avais-je fait? Jouet
insensé des mouvemens involontaires de mon ame, j'avais
couru après les jouissances de
la vie, et j'en avais négligé le

bonheur. Mais il n'est pas encore trop tard; Dieu, en me
jetant sur cette terre étrangère, voulut peut-être me pré-
destiner à lui ; il m'arracha
à la barbarie, à l'ignorance ;
par un miracle de sa bonté,
il me déroba aux vices de
l'esclavage , et me fit connaître sa loi : cette loi me
montre tous mes devoirs ; elle
m'enseigne ma route : je la
suivrai, ô mon Dieu ! je ne
me servirai plus de vos bien-

faits pour vous offenser , je
ne vous accuserai plus de mes
fautes.

Ce nouveau jour sous le-
quel j'envisageais ma position
fit rentrer le calme dans mon
cœur. Je m'étonnais de la paix
qui succédait à tant d'orages :
on avait ouvert une issue à ce
torrent qui dévastait ses riva-
ges, et maintenant il portait
ses flots apaisés dans une mer
tranquille.

Je me décidai à me faire religieuse. J'en parlai à Mme de B.; elle s'en affligea, mais elle me dit : « Je vous ai fait » tant de mal en voulant vous » faire du bien, que je ne me » sens pas le droit de m'op- » poser à votre résolution. » Charles fut plus vif dans sa ré- sistance ; il me pria, il me con- jura de rester ; je lui dis : Lais- sez-moi aller, Charles, dans le seul lieu où il me soit permis de penser sans cesse à vous...

Ici la jeune religieuse finit brusquement son récit. Je continuai à lui donner des soins : malheureusement ils furent inutiles; elle mourut à la fin d'octobre; elle tomba avec les dernières feuilles de l'automne.

FIN.